L'AMORE AI TEMPI DEL CORONA VIRUS

CAPITOLO I°

Esercitare la professione di avvocato significa fronteggiare tutta una serie di varietà umana ognuna con problematiche diverse, tutte mirate a perseguire diritti o a difendersi da procedimenti di vario genere.

Tra queste ultime categorie, cioè quelli che devono difendersi da pretese creditorie, vi sono coloro che intendono in modo sbagliato la funzione dell'avvocato. Pensano che questi sia, non il professionista che deve occuparsi della tutela dei loro diritti, ma lo considerano come un tutore al quale delegare i propri affari o, ancor peggio come una sorta di paravento che possa proteggerli dalle richieste dei creditori o addirittura un parafulmine che assorba e neutralizzi gli strali e le saette dei creditori. Insomma una sorta di scudo protettivo che li protegge dalle evenienze economiche negative della vita che, per inciso non sono affatto casuali ma provocate dagli stessi per motivi vari che hanno un minimo comun denominatore: il pressapochismo e la pigrizia.

In queste ultime categorie rientrano i debitori ingenui e i furbi professionali che di solito facilmente sconfinano nella categoria dei truffatori che hanno come strumento professionale gli assegni e i titoli di pagamento o solo semplicemente la capacità di convincere il malcapitato creditore che appunto gli dà credito.

Gli ingenui e i furbi professionali, pur di sottrarsi dalle incessanti richieste dei creditori, adottano vari sistemi per sviare alle stesse. Pensando di risolvere il loro problema, o meglio per evitare i fastidi causati dalle pressanti e continue richieste dei creditori che li inseguono di persona o, come accade più frequentemente, telefonicamente, essi cercano delle vie di fuga.

La fuga può essere fisica magari cambiando città o addirittura nazione come capitava al personaggio Micawber descritto da Dickens in David Copperfield; oppure in auto se capita che il creditore ti sorprende al parcheggio e bussandoti sulla parte superiore dell'auto ti chiede il dovuto con tono a dir poco alterato; in questo caso il malcapitato debitore è capace di darsi alla fuga uscendo dal parcheggio anche passando sul marciapiede col rischio di danneggiare la vettura.

Ma la via di fuga classica è il ricorso ad una frase magica che, se pronunciata con tono autorevole, acquista, a loro errata convinzione, tutta una legittimazione a giustificare l'ingiustificata, ingiustificabile e indifendibile situazione debitoria: *"si rivolga al mio avvocato"*.

Insomma l'avvocato, che di solito di tali questioni debitorie non ne è neanche a conoscenza; magari conosce il cliente-debitore per averlo assistito in altre e ben diverse situazioni, improvvisamente si ritrova investito di un incarico importante: gestire la situazione debitoria del cliente che di solito, per non dire quasi sempre, è ingestibile poiché il credito è certo e non vi è nessun motivo ostativo al buon diritto del creditore di vedersi saldato il suo avere.

La conseguenza è logica: l'avente diritto, il creditore in proprio o a mezzo di società di riscossione, contatta l'avvocato per tentare di ottenere il pagamento. In tale ultimo caso, il richiedente, ben conscio che l'avvocato – non essendo debitore solidale del proprio cliente – prova ad esercitare una ragionevole esposizione della situazione creditoria sperando, solo sperando, che il suddetto legale faccia opera di persuasione sul proprio cliente-debitore di pagare il dovuto.

Ed è in una situazione del genere che l'Avv. R.R. si è trovato coinvolto, o meglio investito e che ha prodotto effetti insperati ed estranei a quelli professionali.

CAPITOLO II°

Era una giornata iniziata in modo del tutto ordianaria. L'atmosfera dello studio era la solita. Pratiche sparse sul tavolo in attesa di essere selezionate per gli adempimenti settimanali.

L'inverno era quasi alla fine e già nell'aria vi era il sentore di una primavera incipiente. Era ormai passato un anno da quando erano iniziate le chiusure della pandemia che stava sconvolgendo le abitudini del mondo e che avrebbe influito profondamente sulla quotidianità di tutti. Improvvisamente in un triste giorno del marzo dell'anno passato la pandemia esplodeva anche in Italia. Fino ad un mese prima tutti pensavano che il fenomeno avesse investito e riguardato solo la Cina; invece quella pandemia che avremo conosciuto come Covid 19 si era presentata nel nostro Paese come ospite non gradito e si arebbe espansa nel mondo intero.

Improvvisamente da un giorno all'altro sono cambiate le abitudini di tutti. Niente più spostamenti, niente viaggi, le città, di solito frenetiche e vivaci, sono diventate silenziose e tristi, niente svaghi, niente ristoranti niente spettacoli.

Gli effetti della pandemia si ripercuotevano anche sul lavoro in ufficio e nelle scuole incidendo notevolmente sulla vita stessa delle persone che venivano costrette a lavorare da casa in quella che sarebbe diventata una nuova modalità lavorativa:"Lo smart working".

Nel mondo della giustizia, improvvisamente si rimodulavano le regole. Niente accessi nelle aule di giustizia e nelle cancellerie se non con rigide modalità che impedivano la vicinanza fisica delle persone. Le udienze, di solito affollate di gente, si svolgevano in modo scaglionato con la riduzione al minimo dei partecipanti.

Tutte le forme di lavoro e le attività associative si svolgevano con collegamenti al computer, nasceva una socialità telematica. Improvvisamente un futuro che sembrava lontano da venire, irrompeva nella vita di tutti dove si verificava un evento dirompente nella sociologia umana: "il distanziamento sociale". Niente strette di mano, di abbracci e baci nenache a parlarne.

In questo clima di mestizia e di tristezza, con la paura di venire contagiati, lo studio diventava il rifugio per eccellenza dei profesionisti. Un autoisolamento che consentiva di svolgere la quotidianità al di là del lavoro che inevitabilmente scemava e si riduceva.

In questo clima da un anno l'avvocato R.R. , si ritrovava al suo tavolo in compagnia delle pratiche da disbrigare e del pc che riceveva e inviava mail .

CAPITOLO III

L'effetto della pandemia, se aveva ridotto i collegamenti personali, aveva aumentato in modo inversamente proporzionale le telefonate e i messaggi telefonici a mezzo degli strumenti telematici.

Il cellulare, ancor più del telefono fisso, era diventato un elemento di compagnia. Le telefonate di lavoro erano intercalate dalle telefonate con amici e parenti.

L'Avv. R.R. riceveva quotidianamente molte telefonate, alcune di esse venivano da numeri sconosciuti, ciò era dovuto alla singolarità della professione. In genere provenivano da nuovi clienti che avevano ricevuto il numero da qualcuno oppure da parte di uffici vari che chiamavano per esigenze di servizio. Nel flusso delle telefonate in ricezione capitava spesso di ricevere telefonate provenienti da gestori telefonici, società finanziarie e società che offrivano servizi vari.

Questa categoria di telefonate è quella più fastidiosa. Di solito ti trovi a dialogare con operatori gentili che si presentano con nome di battesimo che ti vogliono affibbiare qualche servizio o vendita di servizi o altro dalle tipologie più vaste: abiti su misura, collezioni di vini pregiati, collezioni di monete pregiate, acquisto di biglietti per manifestazioni di beneficenza varie e molte altre.

In questa vasta tipologia quelle più frequenti sono le proposte di cambio di gestore telefonico con le offerte più varie. A sentir loro pare che ti vogliono dare il servizio quasi gratis, salvo a rettificare dopo una domanda mirata che ricevono dall'interlocutore.

L'avv. R.R. si era imposto una regola : non inquietarsi, rispettare l'operatore – in fondo sono persone, perlopiù ragazzi supersfruttati, che guadagnano poco per stare giornate intere per spillare contratti il cui utile va in altre mani -, chiudere la telefonata con gentilezza con una frase del tipo : no grazie non mi interessa; ora non la posso seguire, buongiorno.

CAPITOLO IV

E.P. come tutti giorni era collegata da casa col suo pc che era connesso con la piattaforma digitale della società di recupero crediti con la quale lavorava come riscossore proponendo saldi di crediti che erano stati ceduti per inolvenza. Quotidianamente E.P. effettuva numerose telefonate ai debitori a lei assegnati.

Pur avendo percepito con ottimi risultati una laurea in giurisprudenza ed era iscritta come avvocato in un paese estero, svolgeva con impegno un lavoro indubbiamente non facile ma forse al di sotto delle sue aspettative.

Era tornata in Italia dopo aver viaggiato molto. Nei paesi orientali aveva acquisito una cultura di spiritualità orientale che la rendeva consapevole delle proprie capacità ed era di notevole supporto nel suo lavoro e nelle relazioni sociali.

Aveva scelto di vivere da sola. Il suo spirito indipendente l'aveva portata a rinunciare ad accettare una convivenza che l'avrebbe condizionata nella realizzazione delle sue aspettative di vita.

Durante la pandemia del Covid il suo lavoro si svolgeva dal suo piccolo appartamento posto in un piccolo condominio nella città dove viveva. Le uscite erano limitate a quelle del disbrigo delle esigenze quotidiane. Il lavoro era monitorato dalla sede centrale che valutava i flussi di realizzo degli operatori. Ciò la costringeva a contattare a ritmi incessanti i debitori assegnati a lei. I contatti si svolgevano dal mattino e continuavano per tutta la giornata allorquando il sistema cessava e valutava i dati del gorno.

Era brava ed efficiente nel suo lavoro e riusciva ad ottenere risultati soddisfacenti . Ciò le consentiva qualche pausa in più durante la giornata per occuparsi della sua casa e dei suoi affari privati.

Nello scorrere delle prtiche, E.P aveva ricevuto dalla direzione una pratica che in precedenza un altro operatore non era riuscito a chiudere, era un ultimo tentativo per riscuotere una cifra di non grossa portata ma che rientrava nelle previsioni di flusso.

All'inizio del mese in corso E.P. aveva inviato un messaggio sms al numero del debitore senza ricevere risposta. Come da prassi seguiva la telefonata per l'invito al saldo del debito.

Dopo due tentativi rimasti senza risposta nei giorni precedenti, E.P. Effettuava un'altra telefonata al n. 339xxxcxc

CAPITOLO V

R.R. era intento nella stesura di un atto che avrebbe dovuto essere depositato qualche giorno dopo, per cui vi era tutto il tempo di completarlo e di effettuare il deposito in via telematica, una giornata alquanto ordinaria nella intimità del proprio studio. Dal cellulare arriva una chiamata da un numero non conosciuto che iniziava col 331....

Le cifre iniziali gli ricordavano che qualche giorno prima aveva ricevuto una telefonata dallo stesso numero, ma per motivi disparati, non ricordava se era fuori dallo studio o in auto, non aveva risposto convinto che si trattasse della classica scocciatura pubblicitaria o proposta di nuovo servizio, insomma una perdita di tempo.

Decide di rispondere.

Era una voce di donna, che con tono professionale e sereno, senza influssi dialettali. In questo tipo di telefonat, R.R. riconosceva subito anche accenti stranieri poiché molte società operano dall'estero avvalendosi di operatori stranieri che parlano un pessimo italiano. La voce di quel giorno invece era italianissima ed aveva un sottofondo di chiarezza che faceva trasparire una particolare attenzione alla tipologia di risposta che avrebbe potuto ricevere per poi controbbattere di conseguenza.

– “ Buongiorno parlo col sig. Aldoni?”

Alla citazione del Sig. Aldoni S.C. capiva subito che si trattava di una richiesta di recupero di un credito. Aldoni infatti era un cliente che profittando della conoscenza di R.R. che gli aveva curato delle pratiche, aveva la pessima abitudine di fronteggiare le richieste dei propri creditori dicendo che i suoi affari li conosceva bene il suo avvocato e che bisognava chiamar lui. In passato per tali motivi R.R. lo aveva invitato ad astenersi di dare il numero di telefono dell'avvocato poiché ciò, non solo non risolveva nulla, ma era un fastidio in più per quest'ultimo che non poteva estinguere i suoi debiti per un dono divino o per un potere soprannaturale. I debiti, quando non vi erano motivi di opposizione andavano pagati e basta.

Il solo sentire il nome Aldoni quindi suscitava non poco fastidio in R.R. a causa dei precedenti, e la risposta poteva essere un secco: "no guardi che si sbaglia e non mi telefoni più"; e quindi finirla li.

Tuttavia preso da un senso di responsabilità confacente alla sua deontologia professionale e comunque per una forma di rispetto verso l'interlocutore, in questo caso interlocutrice, la risposta era diversa:

" No guardi non sono Aldoni ma sono il suo avvocato e non so perchè Lei ha chiamato il mio numero visto che non ho autorizzato l'Aldoni a dare in giro il mio numero."

A tale risposta l'operatrice con tono pacato e gentile facendo trasparire una forma di meraviglia che R.R. non aveva ben capito se fosse spontanea o programmata, replicava:

– “Ohh mi scusi, ma mi hanno passato questo numero e non sapevo che fosse di un avvocato forse lo ha fornito il sig. Aldoni.”

- “Sicuramente!! la cosa è già successa in passato quindi capisco ma non si preoccupi”.

Anche qui la telefonata avrebbe potuto aver fine ma l'operatrice si presentava come Dr.ssa E.P.e che rappresentava una società di recupero crediti. La sua voce spontanea e priva di formalismi professionali ingessati nei soliti schemi del protocollo, faceva trasparire un sorriso di compiacimento per la gentilezza della risposta di R.R..

Chiarito l'equivoco, il dialogo continuava.

CAPITOLO VI

Dopo pochi minuti, la telefonata non era più una telefonata di lavoro. E.P. Con tono che sembrava quasi entusiastico e che comunque favoriva il dialogo, riferiva di essere anche lei avvocato, con titolo estero in quanto la sua permanenza nei paesi esteri aveva favorito questa scelta. L'inizio del dialogo era impermeato su esperienze professionali per poi deviare su elementi che lambivano la sfera personale.

La voce allegra e brillante di E.P. e la continuità del suo dialogo produceva in R.R. un piacere nell'ascolto di una persona che non ricordava di aver provato in passato.

Improvvisamente la vita grigia e ordinaria di R.R. veniva illuminata da un raggio di sole che entrava nel suo intimo riscaldandone l'animo e provocandogli un senso di leggerezza che annullava gli appesantimenti di una vita quotidiana dovuti al lavoro e alla famiglia.

La telefonata durava non pochi minuti, e veniva alimentata da entrambi con scambio di battute discrete che, al di là dei formalismi del caso, - si trattava pur sempre di una telefonata di lavoro -, instivamente tendevano a scoprire qualcosa di più sull'interlocutaore che era dall'altra parte della cornetta.

– R.R. con la dovuta discrezione, interpretando l'età della sua interlocutrice, dopo aver appreso che si trattava di una collega che svolgeva un altro lavoro si lasciva andare a una riflessione:

– Sa ...dottoressa la sua voce esprime la sua giovane età...

– Insomma,- rispondeva E.P.- mi avvio al mezzo secolo. “ Facendo così intendere di avere circa cinquant'anni.

- A tale risposta, confortato dalla circostanza che la propria interocutrice fosse una donna e non una ragazzina, il che avrebbe comportato subito una cessazione del dialogo per ovvi motivi di discrezione, alimentava il dialogo che entrava sempre in dettagli sulla vita privata di E.P. e aprendo spiragli sul racconto della propria vita privata.

– Dopo circa una mezz'ora di dialogo piacevole, la telefonata arrivava alla sua conclusione con una saluto cordiale e con l'intesa che ci sarebbe stato un aggiornamento sulla posizione della pratica che aveva originato il contatto.

CAPITOLO VII

R.R. Vista l'ora, chiudeva la sua giornata per far ritorno a casa dove l'aspettava la solita serata ripetiva e noiosa.

– Prima di cena c'era la classica camminata sportiva al parco per poi concludere la serata con l'uscita col cane e l'immersione nelle letture serali.

– Quella sera però, in R.R. Vi era un qualcosa di diverso. Il pensiero andava alla voce di E.P. che non era svanita con la fine della telefonata, ma che era ben presente nella sua mente. Era una senzione diversa dalle altre serate. R.R. si sentiva meno solo.

Le letture che tanto lo appassiovano e che rappresentavano un isolamento da una vita matrimoniale ripetitiva e senza entusiami, non riuscivano a farlo distaccare dalle sensazioni provate nel dialogo telefonico con E.P.

R.R. sentiva che c'era stato qualcosa di diverso da una semplice telefonata con toni cordiali. Cercava di respingere questa idea per non cadere in illusioni che avrebbero potuto solo nuocere alla sua serenità cercata e conquistata nonostante le problematiche familiari e del lavoro.

Quando ripensava la voce di EP che si materializzava nella sua mente, egli respingeva l'idea che questo pensiero potesse avere un effetto dai connotati sentimentali.

– Non era possibile avere un pensiero del genere. Non poteva essere una simpatia sentimentale. E.P. era solo un operatore che aveva chiamato per la conclusione di una pratica. Il dialogo mentale con se stesso assumeva anche toni bruschi.: " *Ma cosa vai a pensare! Ma che illusioni ti crei? E poi scusa a che fine? Non ti sono bastate le sofferenze amorose che hai avuto nella vita? Dai sii serio e non pensarci. Ritorna alle tue letture."* E così riprendeva il suo libro per poi addormentarsi.

La mattina dopo, nell'aria provava una strana sensazione di leggerezza in un inverno tiepido c'era un sentore di primavera incipiente. Come al solito R.R. si recava in studio per incontrare la propria agenda che gli dettava gli impegni quotidiani. Quella mattina non erano numerosi, anzi era quasi una mattinata tranquilla. Pur non essendo un impegno urgente R.R. decideva di dedicarsi pienamente alla pratica di Aldoni; certo una risposta bisognava darla sulla posizione debitoria sollecitata dalla telefonata dal giorno prima.

– Ma come? Telefonando alla Dr.ssa E.P. dicendole cosa? No. Non era quella la strada. Il pensiero era incessante e mascherava il desiderio di sentire la voce del giorno prima.

Il rischio era di fare una pessima figura e far trasprire un motivo palesemente diverso dalla trattazione della pratica.

Più R.R. cercava di non pensarci e deviare il pensiero da quella situazione che poteva creare delle situazioni imbarazzanti,più saliva un desiderio di comunque avere un contatto con la persona con la quale aveva piacevolmente dialogato il giorno prima.

- Ma come fare?

Il pensiero incominciava ad assumere forme di un piccolo tormento. Non era solo il desiderio di sentire una persona; era qualcosa di più. Era il desiderio di accarezzare una piacevole sensazione alla quale non osava dare un nome.

No, non poteva non fare qualcosa!!!

Allora si decide. Più che una telefonata, invia un messaggio su W.A.. Nel messaggio chiede il permesso di poter comunicare con tale strumento per gli sviluppi della pratica Aldoni, non mancando di ribadire la piacevolezza del dialogo del giorno prima.

- Cosa farà? Risponderà? E soprattutto, cosa risponderà?

Comunque la scelta di messaggiare era stata una sorta di liberazione da un pensiero incessante. Non poteva sapere se ci fosse stata una risposta; ma, soprattutto, che tipo di risposta. Una risposta strettamente tecnica e sbrigativa? Un risposta cordiale ma strettamente professionale? Oppure un semplice: *ok mi faccia sapere?*

Intanto la mattinata scorreva nei suoi ritmi consueti. Ed ecco che sul cellulare di S.C., nella messaggistica W.A. appare un logo: Erano due persone che si parlavano con una frase che faceva da cornice che esprimeva un motto improntato sulla concretezza delle relazioni sociali. Era il logo del numero telefonico di E.P.

– La risposta c'era stata.

CAPITOLO VIII

R.R. Leggeva e rileggeva il messaggio di risposta. In esso vi era un consenso per mantenere il tipo di comunicazione, ma esprimeva anche una piacevole approvazione della chiacchierata telefonica del giorno prima che definiva piacevole.

Un senso di leggerezza e di gioia prendeva il posto di una preoccupazione nascosta di avere una risposta negativa. R.R.. non si spiegava a cosa fosse dovuta tale condizione di benessere che lo pervadeva. Cercava di esorcizzare un pensiero che lentamente ma inesorabilmente si faceva spazio nel suo animo.

– No, non era possibile che da una semplice telefonata, e da una comunicazone avuta con una persona sconosciuta, potessero derivare delle sensazioni così piacevoli e intense; di un'intensità tale come se fossero un canale conduttore che faceva sfociare quelle sensazioni in emozioni.

– Mentre era in preda a tali sensazioni, R.R. continuava a guardare il biglietto post it di colore giallo sul quale all'inizio della telefonata del giorno prima aveva annotato il nome della sua interlocutrice. Quel nome che durante la telefonata aveva marcato e rimarcato con una penna blu. Il biglietto non era stato cestinato e quando stava per farlo, dopo l'annotazone del cellulare sul telefono portatitile, qualcosa lo trattenne. Il biglietto gli ricordava tutto il corso della telefonata. Su quel biglietto non vi erano solo tratti di penna, ma questi tratti erano l'impressione grafica della voce di E.P.; della dottoressa E.P.. La vista del biglietto gli faceva esattamente tornare alla mente tutto il dialogo avuto il giorno prima. Gli faceva risentire nella mente la tonalità della voce dolce e allegra di E.P. come se fosse stata un'incisione su un disco di vinile.

Decise di non cestinarlo e di conservarlo.

*****

La mattinata non era molto impegnativa col lavoro. Si avvicinavano delle scadenze importanti, c'erano dei processi alquanto impegnativi, ma che eano da venire nei giorni futuri.

R.R. Si recava come al solito a disbrigare le pratiche quotidiane a Palazzo di Giustizia.

Preferiva fare il tratto di strada a piedi per raggiungere il Tribunale. La giornata era gradevole anche se ancora inverno. Nell'aria c'era una leggerezza che preannunciava una primavera prossima a venire e questo dava una piacevole cornice al suo stato d'animo.

Durante le attività lavorative il pensiero andava vagamente alla voce della dottoressa che aveva sentito il giorno prima.

Nel ritorno in studio, questo pensiero si intensificava e il desiderio di risentirla diventava sempre più forte. Sale le scale entra in studo, sistema le proprie carte e si sofferma sul cellullare. Aveva rotto gli indugi.

Con decisone inviava un messaggio a E.P.,ovvimente con la scusante della pratica Aldoni. Alla fine del messaggio, una frase: "avrei piacere di risentirLa se fosse possibile."

Con non poca emozione inviava il messaggio, non sapendo se stavolta vi fosse stata una risposta.

***

Anche stavolta la risposta arrivava. R.R.. Intuiva subito non era convenzionale ma che conteneva una disponibilità a un altro colloquio telefonico.

R.R. al solo pensiero di poter risentire la voce della dottoressa veniva preso da un misto di emozione e desiderio di dialogo che potesse andare fuori dalle convenzioni di una telefonata di lavoro.

I messaggi continuavano con una richiesta di potersi risentire. E.P. rispondeva che ad un certo punto della mattinata, di solito intorno alle 11,30, faceva una pausa. Alla richiesta di R.R. di potersi sentire a quell'ora, rispondeva con un laconico quanto espressivo: “Ci sta'!!

Alle 11,30, precise dopo un consenso da messaggio, arrivava la telefonata di E.P. L'intenzione era quella di un saluto veloce al massimo della durata di 5 minuti.

Subito superato l'elemento pratica Aldoni, la conversazione si concentrava su aspetti ulteriori incentrati sulla vita professionale dei due. Ad un certo punto R.R. si accorgeva che i cinque minuti prestabiliti erano abbondantemente superati. Le esigenze del lavoro imponevano una interruzione della convenrsazione, ma... già quacosa era scattato.

Entrambi inconsciamente sentivano il desiderio di continuare a parlarsi, forse a raccontarsi, sicuramente di risentirsi. La telefonata finiva con l'intesa che ci si sarebbe risentiti la sera dopo la fine del lavoro che per E.P. era alle ore 19,45.

Tale scelta fu ben accettata da R.R.. Egli di solito finiva alle 19,30 per poi, una volta a casa, fare la corsa serale nel parco prima di cena. Il cambiamento di orario era gradito con un non celata soddisfazione. Avere occasione di immergersi in un dialogo con E.P. era più gradevole di qualsiasi altra attività.

****

Un senso di benessere e leggerezza invadeva R.R. che per tutta la giornata, tra una pratica e l'altra non riusciva a non pensare alla telefonata attesa della sera che puntualmente arrivava.

Anche stavolta non erano cinque minuti, ma molti di più. Tra R.R. e E.P. non veniva eluso il tono professionale del dialogo, ma da entrambi c'era una voglia di raccontarsi. Il dialogo si svolgeva con toni pacati e cordiali con sfumature che facevano trasparire un non celato entusiasmo per l'incontro.

Smbrava che la telefonata non dovesse avere mai fine, incominciavano a trsparire i primi dettagli della vita privata dei due.

R.R. nel guardare l'orologio si accorgeva che i cinque minuti erano diventati sessanta. Un'ora era passata così in fretta che aveva fatto dimenticare a R.R. di dover tornare a casa per la cena, ma non aveva né la voglia né l'intenzione di chiudere la telefonata. Ma purtroppo la telefonata doveva finire. Sia lui che la sua interlocutrice dovevano tornare alle funzioni della vita privata e affrontare le esigenze domestiche. Questa stuazione portò

R.R ad una richiesta specifica a E.P.: “Dottoressa, io non riesco a chiudere!!Chiude lei?” . La risposta fu inaspettata: “devo chiudere io?”; Detto col tono di chi non aveva affatto Voglia di chiudere.

La decisone su chi dovesse chiudere durò dolcemente e simpaticamente per alcuni minuti, dopodichè dietro l'ennesima richiesta E.P. chiuse la telefonata dopo un dolce e soave augurio di una buona notte.

A domani Dottoressa” - A domani Avvocato”.

CAPITOLO IX

Il tragitto del ritorno a casa fu diverso quella sera per R.R.. Non più pensieri e preoccupazioni su cosa avesse dovuto fare quella sera per isolarsi da una vita familiare noiosa e problemtica. Ormai il suo matrimonio reggeva solo per proteggere quel barlume di serenità residuato da una vita matrimonale litigiosa e priva di soddisfazioni affettive. Le serate erano tutte uguali e il rifugio nella lettura era uno dei pochi modi per isolarsi e sfuggire dalla realtà che ogni giorno si ripresentava sempre con le stesse problematiche in una routine quotidiana che le restrizioni della pandemia non aveva fatto altro che aggravare.

Quella sera era diverso. Un senso di gioia inconsueto si faceva spazio nella mente. Pensava alla dottoressa, al tono della sua voce alle espressioni cordiali che erano non di circostanza ma il frutto di un atteggiamento spontaneo.

Cercava di allontanarsi da quelle sensazioni. Il rischio che avessero potuto trasformarsi in sensazioni di natura affettiva e produrre delle fallaci illusioni era forte. Dopo le attività solite, prima di addomentarsi, il pensiero andava sempre a quei *"cinque minuti"*. Nonostante tutte le precauzioni per tenere fuori dalla sua sfera affettiva quelle sensazioni i “cinque minuti” del dialogo di quella giornata, in realtà molti di più, gli producevano delle sensazioni emotive ormai rimosse dalla mente. Sensazioni che ricordavano emozioni adolescenziali di quando ci si innammorava di amori che sembravano impossibili. Venivano alla mente delle canzoni ascoltate in tempi giovanili, quando la vita era spensierata e si vivevano quelle sensazioni amorose tipiche della generazione dei ragazzi degli anni settanta. Si ricordò di una canzone che diceva appunto “ *cinque minuti e poi”.... un Jet partirà portandoti via da me!!*”.

Lasciò il libro sul comodino e sul cell ricercò la canzone che ascoltò nella solitudine che le cuffie auricolari gli consentivano. L'ascoltò...l'emozione salì forte, come salì forte il desiderio di avere accanto la persona con la quale aveva parlato poco prima e di cui non conosceva altro che la voce..... .

A sua memoria una serata così dolce e piena di emozioni non ricordava di averla mai avuta.

Nel corso degli anni vi erano state le preoccupazioni dello studio del lavoro, della carriera degli affari, del matrimonio dei figli con i consequenziali problemi che gli avevavo fatto dimenticare quelle emozioni dolci che solo un sentimento forte può dare.

No non poteva essere vero...... Stava cadendo in una grossa illusione che avrebbe potuto causargli anche delle delusioni che non poteva permettersi. Già aveva sofferto troppo nella vita affettiva. Spense il cell e si addormentò.

***

La settimana era impegnativa per alcuni processi importanti che dovevano essere discussi in quel periodo. Oltre a questo c'era anche la normale routine del lavoro quotidiano che facevano passare in fretta le giornate.

Nonostante il lavoro e il tempo che era sempre poco, le telefonate con la dottoressa continuavano.

Con l'andare del tempo i famosi cinque minuti per le pause mattutine duravano di più e spesso superavano anche la mezz'ora. L'appuntamento della sera alle 19,45 stava diventando un'abitudine.

Al telefono il tempo scorreva veloce, e ad ogni telefonata emergevano sempre più dettagli sulla vita privata dei due.

Ogni telefonata sembrava non dovesse aver mai fine e la chiusura della stessa era sempre all'intesa di risentirsi appena possibile. Era scattato un meccanismo reciproco di scambi di simpatia.

Capitolo X

Già dopo pochi giorni i due sapevano già tanto di loro, il dialogo era fluido e libero con accenti dolci e sorrisi percepiti e manifestati atraverso la cornetta del telefono. Pur in tale intensità di dialogo la confidenza non aveva preso il sopravvento. Ci si dava decisamente del Lei.

E.P. confidava soprattutto alcune problematiche condominiali che avevano portato a dei contenziosi con alcuni vicini. Questi argomenti pur esposti in maniera tecnica non precludevano ad E.P. di rivelare degli aspetti della sua vita privata che erano gelosamente custoditi nella sua sfera personale. Non parlava molto della sua famiglia di origine, del resto la scelta di aver viaggiato e di voler vivere da sola esprimeva dei connotati ben precisi del suo senso di libertà.

*****

Le telefonate erano sempre più frequenti. Ogni occasione era buona per farsi un saluto, e ad ogni contatto emergevano elementi nuovi riguardanti i due.

Già dopo pochi giorni sembrava che tra i due vi fosse una conoscenza di anni, tale era l'intensità emotiva nei discorsi. Da parte di R.R. iniziava a prendere forma l'immagine stessa della persona che aveva dall'altra parte della cornetta.

Entrambi, per una scelta in controtendenza dei tempi estremamente tecnologici non avevano foto sui social..: anzi, a parte quelli necessari per lavoro, non avevano contatti social, per cui tutto era lasciato all'immaginazione, tutto era lasciato alla percezione di una immagine mentale.

“Potrei piacerLe Avvocato.... affermo' E. in risposta ad un timido cenno di R.R. di interpretare l'aspetto fisico della sua interlocutrice. ...Ho un fisico snello e alto, capelli neri corvini lunghi fino alle spalle.....

L'immagine di una Dea Greca o di una donna Etrusca, di quelle immagini di donne stupende riportate sui libri di scuola nelle lezioni di storia, rivestì subito la voce di E. P..

****

Incominciavano ad affacciarsi dei timidi tentativi di esternare la simpatia reciproca. R.R. aveva consapevolezza che la propria situazione familiare, sposato con figli, strideva, e non poco, con la condizione di E.P. Lei era single, donna libera, in più manifestava un carattere determinato a difendere la propria libertà.

Questi pensieri però non potevano far sottacere quel senso di gioia e di serenità che emergeva quando pensava a Lei. Non poteva far sottacere quell'emozione sempre più forte quando la voce di E.P. giungeva alla sua percezione che non era solo uditiva ma involgeva e incideva su tutte le percezioni emotive di R.R.

Dai dialoghi emergevano sempre più dettagli della vita personale dei due. R.R. percepiva un senso di fiducia che lo induceva a non trattenersi dal manifestare le problematiche familiari e soprattutto le difficoltà relazionali di un matrimonio o con una donna sbagliata. Ma non poteva permettersi di innamorarsi. Un innamoramento in questo condizioni significava sofferenza. R.R. non poteva permettersi di soffrire. Già ne aveva di sue di sofferenza affettive che cercava di esorcizzare e di gestire quotidianamente per non cadere in un baratro.

Ma la voce e i dialogi di E.P. erano un raggio di sole che illuminava una vita affettivamente grigia e riscaldava un cuore che stava diventando freddo.

***

Le telefonate diventavano sempre più lunghe e frquenti, la circostanza che E.P. lavorava da casa agevolava questo senza nulla togliere al proprio lavoro. Le sue esperienze di viaggio, soprattutto in paesi orientali, le avevano consentito di apprendere una cultura a fondo spirituale che mirava a giustificare e dare una spiegazione logica alle cose terrene.

R.R. realizzava quindi come la persona che aveva sposato era una "fiamma" che secondo un concetto orientale rappresentava un ostacolo alla vita o comunque una contrapposizione. L'intesa con E.P. invece poteva essere una sorta di Anima Gemella viste le molte affinità riscontrate.

Ma questi pensieri non potevano dar spazio alle illusioni.

***

In un dialogo si parlava dei diversi caratteri dei due. E.P. parlava del suo forte legame nei confronti della nonna materna, donna dotata di forte carattere che rimasta vedova ancor giovane non si era adagiata sulle convenzioni sociali del suo tempo ed aveva vissuto in autonomia non facendosi mancare i viaggi che accompagnavano la sua libertà. Nel parlare della nonna E.P. mostrava una sincera ammirazione nella donna che aveva contribuito a formare il suo carattere e a darle la consapevolezza di una vita libera e non convenzionale come i suoi genitori speravano. Questo l'aveva portata a rompere un lungo fidanzamento che si sarebbe concluso con un matrimonio che di conseguenza l'avrebbe portata ad un sicuro divorzio.

Il legame con la nonna era anche nel suo secondo nome, Giulia che E.P. pronunciava con orgoglio e affetto. Si era soffermata molto E.P. nel parlare del ruolo della sua nonna materna che per lei era un vero e proprio modello di donna dalla quale si sentiva ancora accompagnata nella vita.

CAPITOLO XI

R.R. era in compagnia di un suo vecchio amico e stava percorendo il ciglio di una strada poco trafficate. Le auto erano poche e i due amici camminavano scherzosamente ricordando le avventure govanili. Ad un certo punto una sorta di furgone con una donna alla guida e tre ragazze sedute sul sedile posteriore si fermò per chiedere indicazioni. Marco, questo il nome dell'amico di R.R.,sorrise alle ragazze che lo invitarono a salire dopodichè il furgone si allontanò. Ad un certo punto dopo aver percorso un centinaio di metri il furgone inchiodò e ritorno in retromarcia prsso R.R. . La Sig.ra che guidava si fermò, guardo con uno sguardo intenso e severo con i suoi occhi chiari R.R. E disse : "Qui sale anche lui" e fece salire R.T., dopodichè rpartì.

R.R. si svegliò e meditò sul sogno appena fatto. Era incredbile... il sogno non poteva che ricondurre al sentimento nei confronti di E.P. Non aveva dubbi aveva sognato la nonna, quella nonna alla quale E.P. era stata tanto legata. Era felice che quel sogno in un certo qual modo avesse comportato l'approvazione di un sentimento che si sviluppava ogni giorno di più.

***

La sera, in una delle ormai consuete telefonate R.R.. parlò del sogno e, la cosa sorprendente, fu che il racconto dei tratti somatici della signora trovò riscontro nella descrizione della nonna fatta da E.P.

Il sogno era indicatore di un sentimento che aveva avuto un effetto prorompente nella vitta di R.R. .

Le telefonate del giorno e del pomeriggio a volte continuavano anche la sera quando R.R.. portava fuori il proprio cane. Si iniziò quasi per caso la sera per poi diventare una consetudine.

E fu proprio in una di queste sere che, dopo un dialogo dietro un'ennesima richiesta, apparì sul cell di R.R. la foto di una donna mora, bellissima con occhi scuri e aspetto sorridente, era Lei che si manifestava. Era proprio Lei. Bella mora e con un viso volitivo e che invitava al dialogo.

In una di queste sera quando i due si parlavano dandosi rigorosamente del “Lei”,

E.P. in una frase che anticipava il saluto si rivolse a R.R. chiamandolo per nome e dandogli del "Tu".

La gioia fu immensa, fu l'inizio di un percorso nuovo. I due lasciavano gli abiti professionali per indossare quelli degli innammorati.

Quella sera fu una vera e propria svolta. Caduta la barriera della relazione amicale ammantata dal dialogo professionale e ufficiale, si aprì una strada dolce, affettuosa. R.R. e E.P. si erano trovati in una bolla amorosa.

I dialoghi continuarono sempre più intensi, ma con argomenti che aprivano le porte alle reciproche confidenze. Iniziavano a emergere le prime frasi affettuose i primi messaggi d'amore.

I due si conoscevano benissimo senza essersi mai visti. I dialoghi alimentavano la voglia di raccontare e di raccontarsi.

Le telefonate erano sempre più intense fino ad assumere espressioni di un desiderio di darsi l'uno all'altro.

Le giornate divennero sempre più piene e ogni occasione era buona per sentirsi e scambiarsi battute sorrisi e, come ogni buona coppia, anche arrabbiature che venivano sempre stemperate con l'arguzia e la vena comica di E.P. che ad ogni occasione ripeteva con comicità i dialoghi e le argomentazioni di R.R. .

Ogni tanto, il pensiero andava al buon Aldoni, il cliente di R.R.. che era stata la causa indiretta della conoscenza tra i due.

R.R. spesso pensava : “ e chi l'avrebbe mai detto che l'umile e problematico cliente Aldoni, sarebbe stato il mezzo che gli avrebbe fatto incontrare un amore... un grande amore, un amore ai tempi del Corona Virus.

FINE

www.ingramcontent.com/pod-product-compliance
Ingram Content Group UK Ltd.
Pitfield, Milton Keynes, MK11 3LW, UK
UKHW022009190726
13853UKWH00004B/1828